Le nom de cette collection,
« Ceux qui marchent contre le vent »,
est emprunté aux Omahas,
un peuple indien des plaines d'Amérique du Nord,
rattaché à la famille des Sioux
et qu'on désigne par cette expression.

LA PRISON RUINÉE

1re édition : février 2011

© Indigène éditions, février 2011

Maquette et couverture : Véronique Bianchi
ISBN : 978-2-911939-82-2
Dépôt légal : 1er trimestre 2011
Imprimé en Espagne : Beta, Barcelone.

BRIGITTE BRAMI

LA PRISON RUINÉE

« *Que la prison fût solide, les blocs de granit assemblés par le plus fort ciment et encore par des joints de fer forgé, et, de fissures inattendues, provoquées par l'eau de pluie, une graine, un seul rayon de soleil et un brin d'herbe avaient déjà disloqué les blocs de granit, le bien était fait, je veux dire la prison ruinée.* »

Jean Genet, *Un Captif amoureux*, 1986

Ma première véritable publication qu'est ce livre est dédiée chronologiquement :

A la mémoire de Marie-Thérèse LEBATTEUR, pour avoir su m'aimer (14 août 1994-3 septembre 2008) ;

A Madame NORIN, pour avoir su me protéger (18 juin 2008-29 novembre 2008) ;

A Brigitte SY, pour avoir su véritablement me sauver la vie et me réinventer ;

Sans oublier Sylvie CROSSMAN (depuis le 15 septembre 2010…) pour avoir su m'accompagner dans la finition de ce texte, et surtout me supporter !

Enfin, la vie a voulu que ce texte devienne une sérieuse et solennelle demande en mariage – et non de PACS – à Pearlyva MILAN (juin 2010…) dont j'attends désormais la réponse.

« Libérée ! Libérée ! »

Les hurlements et les coups dans les portes métalliques résonnent et font un fracas terrible qui assassine le silence. Le bruit assourdissant roule ; ce sont les détenues de la division 6E qui se manifestent de façon tonitruante, de toute leur voix et de toute la force de leurs poings et de leurs pieds. Puis, très rapidement, en quelques minutes, toutes les divisions sont concernées. « *Libérée ! Libérée !* » crient-elles de part et d'autre. Des accents d'Afrique du Sud se mêlent à des accents maghrébins et européens. Un prénom se détache, il est scandé pendant vingt minutes, toujours accompagné de ces paroles incantatoires : *Libérée ! Libérée !* Ce vacarme est un rituel fraternel – ici sororal –, une fête en l'honneur d'une détenue qui s'en va le lendemain matin.

Vingt minutes durant, peut-être plus, la grande majorité des détenues, cette part maudite de l'humanité qu'on a entreposée à la MAF de Fleury-Mérogis, s'est généreusement réjouie du départ de l'une des leurs. C'est un protocole de solidarité que l'on ne trouve dans aucun règlement, dans aucune loi, cependant toute personne incarcérée ici le découvre inscrit dans son cœur. Les écrouées ont intuitivement saisi que, contrairement à ce que la morale bourgeoise nous apprend, la liberté ne s'arrête pas là où commence celle des autres. Bien au contraire, la liberté de nos semblables étend la nôtre : c'est pour cela qu'ici, on la célèbre avec démesure et dans une espèce de spontanéité, à chaque fois renouvelée, qui s'exprime dans un feu d'artifice choral.

Le très court temps de la peur

Quinze minutes, sans doute moins, c'est le temps pendant lequel j'ai eu peur, vraiment très peur, à la perspective menaçante d'être incarcérée. C'est bien peu comparé à la peur qui dure généralement toute une vie, et qui empêcherait – peut-être mais c'est peu probable – des milliards d'êtres humains de commettre infractions, crimes et délits, ou en tout cas, s'ils les commettent, de craindre les conséquences répressives de leurs actes. La peur de ces pauvres bougres qui se forcent à respecter les règlements et les lois et qui tremblent à la vue d'un uniforme.

Je sais intuitivement que je ne dormirai pas chez moi cette nuit. Si à longueur de journée on entend dire, d'une part, qu'il existe un laxisme de la justice en France et, d'autre part, que la prison est le dernier recours que les magistrats s'autorisent, c'est bien que, *dans la réalité*, on embastille à tout va. Car les informations auxquelles le grand public a droit sont en général peu ou prou l'exact contraire de ce qui se passe dans les faits. C'est du moins la petite réflexion sauvage à laquelle je me livre à voix basse pendant ce quart d'heure.

De retour dans le bureau du juge d'application des peines, mes yeux sont rivés sur l'insupportable mouvement de ses lèvres prononçant ma mise à l'écart, affirmant ainsi comme indésirable ma présence au sein de la société des Hommes ; vertige mental intense : toutes les images relatives aux prisons de France et d'ailleurs, façonnées par mon imagination ou aperçues dans les médias, se précipitent dans mon cerveau et se bousculent, comme avant un accident où le temps de l'avant et de l'après semblent se télescoper. Ou encore comme pendant le court instant entre le mourant et le mourir, durant lequel on revivrait toutes les séquences, mémorisées dans nos cellules à l'instar d'une pellicule, du film de notre vie.

La décision fut verbalisée de façon presque débonnaire par ce magistrat – homme à qui probablement il ne manquait que le manque – avec l'indolence du boucher qui se contente de vendre de la viande sans rien connaître des abattoirs. Bien que cette décision fût chargée d'une violence inouïe, elle tomba sans grande surprise. Je venais juste de changer de galaxie. Une fois arrivée à la MAF de Fleury-Mérogis, la peur me quittera définitivement. L'attente valait vraiment le coup, elle me délivra pour la vie entière de la crainte de la prison.

De la convivialité

A la maison d'arrêt de femmes de Fleury-Mérogis, cinq mots, très couramment échangés, sont révélateurs des rapports entre détenues : « *Mon frère, ma sœur, ma cousine, ma gueule, mon poto.* » A part les derniers, que l'on prononce dans des circonstances de grande complicité amicale, les trois premiers dévoilent que la prison est vécue comme une grande famille à laquelle on appartient sans condition.

Des filles, fraîchement arrivées, hurlent de joie en retrouvant, à l'occasion de leur promenade, des anciennes connaissances. « *Wesh, wesh* » est leurs premières paroles. Elles se jettent dans les bras ; des rires jaillissent, et les unes donnent des nouvelles des copines *restées à l'extérieur*, tandis que des sourires agrandissent les visages respectifs des autres. Ces visages ouverts, sculptés par les marques de l'imbrication de la souffrance et de la jouissance, respirent toutes les audaces mais aussi tous les manques. Les corps occupent avec aisance la cour, ils s'en approprient l'espace. Sans leur demander la permission, les Africaines tressent des nattes aux filles aux cheveux longs. On se tutoie d'emblée, et on se plie au rituel chaleureux de la bise sans se connaître. D'une cellule à l'autre, d'une fenêtre à l'autre, on se parle. De la musique s'échappe des divisions et envahit la cour.

Une franche camaraderie se renforce ainsi jour après jour. Des clans se forment par affinités électives. L'entraide est immédiate : les anciennes accueillent les arrivantes, et leur expliquent le fonctionnement de la structure. Les plus endurcies protègent les nouvelles et les moins aguerries. Un sachet de café soluble, un numéro d'écrou griffonné à la hâte avec la cendre sèche d'un vieux mégot faute de crayon, les coordonnées d'un bon avocat, l'écriture d'une lettre pour celle qui est analphabète, le réconfort de bras amis à l'annonce d'une mauvaise nouvelle : chaque petite chose devient infiniment précieuse, tous ces gestes, tous ces partages, tous ces dons sont d'une grande valeur parce qu'ils n'ont pas de prix.

La survie de chacune fait en effet naître un dégradé de sentiments bienveillants, à l'instar de la sympathie, de l'empathie, de la sollicitude et même de la compassion ; ces dispositions favorables se révèlent – au sens photographique du verbe – et valorisent celles qui s'en découvrent soudainement capables. Le contexte particulièrement dur fait apparaître contre toute attente l'humain en l'Homme.

Ces attaches affectives peuvent également prendre une forme hostile. Il arrive en effet que pour un rien, un malentendu, un mot de trop, une fausse rumeur, on se fâche, on s'embrouille, on s'insulte, on se menace, puis très rapidement, vient le temps de la réconciliation aussi sincère, aussi authentique, et presque aussi violente que l'a été la discorde.

Mais le quotidien est constitué le plus souvent par une série de courts instants que chacune a réussi à dompter et à s'approprier par des petites manœuvres qui permettent de les habiter pleinement. Chacune parvient donc à métaboliser les contraintes extérieures, transformant le poison en remède de son existence personnelle, et donne du sens à ce qui paraissait en être dénué.

Dans ce quotidien, se trouve un territoire que ces femmes s'approprient d'emblée, une région sacrée appartenant à leur corps : leur sexe. Elles le remplissent de choses interdites : médicaments, barrettes de shit, rasoirs enveloppés dans du plastique... Aucun autre endroit du corps n'est laissé pour compte, devenant cachette improvisée : petit coin enfoui sous les aisselles, espace qui sépare les deux seins, ou encore entre la peau et la chaussette, etc. Les écrouées ont alors de drôles d'allure, serrant les bras, marchant douloureusement, ne pouvant s'empêcher furtivement de mettre la main entre les jambes pour vérifier que rien n'a glissé. J'en ai vu une cacher des morceaux de sucre dans son soutien-gorge, puis une fois à l'abri du danger des menaces répressives, exhiber fièrement sa trouvaille : elle ressemblait alors au portrait d'un tableau surréaliste.

Au moment de gagner la cour de promenade, les différentes tentatives de camouflage des détenues se muent en ce spectacle : un véritable défilé d'artistes. Sublimées par la beauté singulière de leurs mouvements indéchiffrables, voilà que ces femmes entrent en scène, sous les regards aveugles des surveillantes mais devant l'admiration muette de leurs potos. Les détenues apposent ainsi sur le monde les marques de leurs singularités respectives.

Par quelle plasticité notre cerveau réussit-il à mobiliser ses ressources intérieures, à s'adapter, à s'organiser et à créer ses propres défenses ? Cela reste pour moi un mystère. Je sais juste que les petites armées de mes ministères de l'Intérieur et de la Défense personnels sont immédiatement venues en renfort me protéger de l'absurdité de la situation arbitraire dans laquelle on m'avait mise. Des armées de poètes.

Fleury plage
Le sacré dominical ou : de sacrés dimanches

Le sacré dominical

Curieuse de tout, de tout observer et de tout connaître, et bien qu'agnostique – de surcroît, je différencie la religion en tant qu'institution et la croyance qui est chose intime, et non privée comme on l'affirme souvent. Pourquoi vouloir enfermer Dieu, s'il existe, dans les églises, les synagogues et les mosquées ? –, j'ai assisté à quelques messes à la MAF. Le prêtre était convaincant. Il insistait sur le fait que Jésus avait tout comme nous vécu un procès dont le jugement lui parut injuste. Ce prêtre flattait notre narcissisme exacerbé de réprouvée : « Comme vous, Jésus a été accusé et jugé par ses semblables. » Enfin, il nous faisait remarquer la très fine frontière délimitant les valeurs du Bien et du Mal, et la relativité ainsi que la réversibilité de ces dernières : la croix sur laquelle est mort Jésus est devenue Croix-Rouge, croix salvatrice, à l'instar du serpent vénéneux qui trempe dans les bocaux remplis d'élixirs paradoxalement bienfaisants des pharmacies.

Une dame pieuse et « très comme il faut » – écrouée pour avoir assassiné son mari puis découpé ce dernier en morceaux ; morceaux dont elle a rempli plusieurs sacs-poubelles avant de les apporter au commissariat de police, dans l'espoir que son geste provoquerait la clémence – nous accueille et nous distribue le programme. Des détenues remplissent l'office dans une ambiance très solennelle ; elles louent Dieu en chantant, car *« Chanter Dieu, c'est prier deux fois »*. Les plus ferventes sont les Noires, avec leurs beaux yeux grand ouverts et leurs mines réjouies. Il y a quelque chose d'infiniment respectueux chez ces allumées, et aussi une énorme volonté que le bon déroulement de la messe ne soit pas contrarié.

Mais, souterrainement et certainement endigué par un protocole très précis, le puissant délire – contenu pour l'instant mais cependant presque palpable – inondant leur être est prêt à braver les barrages et à jaillir, à se répandre comme quand la pression du flux fait sauter le bouchon de la bouteille de champagne à peine ouverte.

Il aurait suffi d'un rien, vraiment d'un rien : le lapsus prononcé par une langue qui fourche, un battement de cœur plus rapide, un éternuement appuyé, une toux inextinguible, un fou rire intempestif, pour que tout dégénère et que ce ne soit alors plus le Dieu chrétien qui soit célébré mais Dionysos, dans la folie festive aux excès pleins de vie de ses dithyrambes.

Un petit orchestre se tenait, sous la responsabilité d'écrouées, tout à la gauche de la salle. Je remarquai parmi elles une fille aussi blonde et longue qu'une baguette de pain, et au regard halluciné mais joyeux, qui jouait de la contrebasse, tandis qu'à ses côtés, une autre détenue l'accompagnait au clavecin. Une fois que la messe fut dite sans aucune fausse note, ce fut tout de suite une autre ambiance dans laquelle baigna l'assemblée des prieuses.

Baguette avait maintenant la bouche ouverte, laissant découvrir des dents pourries dans une mâchoire édentée, comme à peu près toutes les fumeuses de crack et les consommatrices de cocaïne. Ce fut la première à se déhancher frénétiquement, ouvrant le bal des déjantées de la foi. De la musique créole faisait secouer les fesses des unes et des autres dans des mouvements qui mimaient un acte sexuel, comme si Dieu avait réveillé leur puissance procréatrice. Un dieu de l'exaltation, de la démesure, de l'entropie et des sens. Un dieu grec. Je m'approchai d'une très grosse fille qu'on finira par enfermer d'office à Sainte-Anne et qui se trémoussait gaiement. Je lui demandai naïvement : « C'est ça, Jésus ? » Elle me répondit avec enthousiasme, sans interrompre sa danse : « Oui, c'est ça, Jésus, allez, viens nous rejoindre, Brigitte ! » Le prêtre regardait ce spectacle avec une certaine tendresse, un petit sourire aux lèvres. Puis les surveillantes commencèrent à appeler une par une chaque division, interrompant cet hommage rock and roll au Créateur.

De sacrés dimanches

L'été, à la MAF, et même dès le début du printemps, la chaleur est intense. Les cours de promenade se transforment en plages, et les détenues aux seins dénudés s'allongent sur l'herbe en enduisant leurs corps respectifs, caramélisés par le soleil, d'huile d'amande douce.

Leurs muscles sont relâchés par une défonce tranquille – cocktail de psychotropes, de traitements substitutifs à l'héroïne et de cannabis. Plongées dans une espèce de faux sommeil, ces filles lascives s'enfoncent dans leur drap de bain moelleux, sorti à l'occasion avec un polar qu'elles n'auront pas la force mentale d'ouvrir. Une très coquette et très plantureuse conseillère municipale d'une cinquantaine d'années, atterrie ici pour abus de biens sociaux, fait circuler son brumisateur aux magiques gouttelettes.

Les filles noires se protègent du soleil sous les arbres.

Une jeune Africaine de 19 ans se livre à un happening. Elle interpelle les promeneuses et déclame, avec une simplicité et un naturel bouleversants, des phrases qu'elle peine à articuler correctement : « *Ils nous ont arrêtées. Ils nous ont jugées. Ils ont refermé derrière nous leurs lourdes portes. Ils ont resserré notre espace. Mais il y a une chose dont ils sont incapables : c'est arrêter le temps dont le passage nous délivrera tôt ou tard.* » A peine écoutai-je ces paroles que, comme Genet quand il découvrit la première ligne de *A la recherche du temps perdu*, je sus qu'à entendre ces femmes, j'irais de merveille en merveille.

Le dimanche est aussi sacré, on ne saurait y déroger, parce que les pique-niques y sont permis. Les détenues rivalisent en mets faits « *maison* » et c'est là, pendant la promenade, plus longue ce jour-là, que tout se passe.

Il se passe qu'on joue aux cartes, qu'on fête de futures libérations, dans une ambiance très bon enfant. Il se passe que les potins vont bon train, qu'on fait également du bizness – c'est-à-dire des échanges de tabac contre du Subutex ou des vêtements, par exemple. Il se passe surtout que les amitiés et les amours naissent ou se confirment. Il se passe alors qu'on s'enlace, qu'on se câline, et que l'on marche, *détenues*, oui, mais surtout *détendues* et main dans la main.

On l'a dit plus haut : les bagarres font aussi partie de ces après-midi. Les esprits s'échauffent. Des bandes rivales se remémorent d'anciens conflits dans un climat hautement belliqueux ; les filles arrivent de toute la cour de promenade pour participer aux règlements de compte ; les spectatrices sont nombreuses et encerclent les principales adversaires. Il arrive que pour un vêtement qui n'a pas été rendu à temps, une poto qu'il faut venger, ou tout simplement à cause du soleil qui tape trop fort, un seul geste provoque en quelques secondes une mêlée digne de celles d'Astérix le Gaulois...

Voilà comment vivent ces prisonnières qui font autant peur que jouir ceux qui les condamnent moralement. Les filles de Fleury-Mérogis sont des filles à la beauté cabossée, irrésistible parce que singulière, dont les bourgeois rêvent sans jamais oser les rencontrer. Le bourgeois les aime, qu'il l'admette ou non. Il paye afin de pouvoir les regarder, il les admire, et les a désirées... au cinéma. Ces très jolies filles qui n'ont peur de rien, et qui, une fois libérées, bravent la nuit, un grand couteau dans leur petit sac – rempli de préservatifs – ou dans leurs longues bottes, qui dorment dans les rues, s'enivrent, volent, fument du crack, se prostituent à l'occasion, tuent aussi parfois, ce sont les héroïnes que les bourgeois recherchent dans la littérature ou sur leurs écrans, mais fuient ou ne leur accordent que pitié – cette fameuse pitié aristotélicienne conjuguée à la crainte qui toutes deux font partie du phénomène cathartique – quand ils les croisent dans la réalité.

Mais elles, les filles de Fleury-Mérogis, se fichent des bourgeois, elles n'en ont besoin ni pour jouir ni pour vivre. Leur manque à elles, il est de l'ordre du matériel, tandis que celui des bourgeois est de l'ordre de l'existentiel – de ce qu'ils n'ont pas réussi à vivre – la seule chose qui pourrait donc arriver, c'est qu'elles leur prennent leur argent. Peut-être contre leur corps, mais elles resteront intactes dans leur intégrité, car « les gens normaux » – ou plutôt normés – ne les intéressent pas, tandis qu'eux restent fascinés par elles, dans une dynamique d'attirance-répulsion.

Ces filles, rencontrées dans ma petite culture cinématographique, je les ai reconnues et retrouvées là-bas, dans la cour de promenade de la MAF.

« Fin de promenade ! » crie la surveillante à son micro. Et les paroles, les rires, les amours et les déclarations de guerre s'épuisent, tout finit par se calmer, car il faut regagner sa cellule. On se rhabille. On ramasse en vitesse les détritus et on les jette dans l'unique poubelle de la cour. On a passé un détestable ou un excellent dimanche, mais il fut attendu dès le lundi et il nourrira les conversations tout le reste de la semaine. « Regarde, regarde bien tout ça une dernière fois ! » lâche une détenue à une autre, libérable le lendemain matin. Et l'autre promène avec nostalgie son regard autour d'elle, et son cœur sort de sa bouche pour crier doucement : « C'est donc déjà fini… »

De la résistance, de la désintoxication et du juste nécessaire

Ce sont les denrées indispensables qui sont proposées ; l'inutile et le luxe sont bannis. Une certaine égalité s'installe ainsi en matière de consommation. La folie du « toujours plus, toujours meilleur parce que toujours nouveau » du marketing agressif de nos sociétés consuméristes devient vide de sens. On quitte des mois ou des années durant l'idéologie des produits jetables, trop beaux, ridiculement chers. Presque toutes les détenues cantinent en effet les mêmes marques de produits : une espèce d'idéal socialiste, comme on n'ose même plus en rêver dans notre pays aux anciennes velléités de cette idéologie, est ainsi atteint. Certains y repéreront en effet des éléments qui pourraient être pensés comme les marqueurs de catégories marxistes.

Dans cette résistance-là, on prend très vite conscience que les téléphones, le Web et tous leurs dérivés : iphone, ipad, etc. ne sont pas nécessaires, et qu'ils sont au contraire des outils qui nous aliènent. Car, paradoxalement, plus ces nouvelles techniques se développent, moins il y a de véritable communication, du fait d'un mauvais usage de ces dernières. Et pas plus les cartes bancaires que les billets roulés au fond de la poche ne nous rassureront plus.

De la sensualité retrouvée

8 % de la population nationale ont des mœurs lesbiennes. Dans les prisons de femmes, ce pourcentage explose. Progressivement, les plus réfractaires à ce genre de pratique comme les très pudiques se livrent à des gestes tendres. Le plus souvent, ces amoureuses ne partageant pas une même cellule, le désir reste insatisfait, et la relation inaboutie sexuellement.

L'incandescence est alors à son comble ; l'érotisme exacerbé. Le corps qui, en temps normal, est pressé, stressé, inhibé, se détend et réapprend l'écoute, la lenteur, la précision, la caresse, bref, la sensualité.

L'écriture de poèmes devient chose fréquente, les détenues ayant tout leur temps pour les composer, et le climat s'avérant propice à ce genre d'activité. Des complicités peuvent devenir pérennes : ainsi, il n'est pas rare que des détenues se revoient à leur sortie ; pour celles qui ne sont pas libérées à la même date, des parloirs sont également possibles. L'amitié, l'éveil des sens, voire parfois le plaisir, en tout cas une rééducation libidinale, sont possibles malgré les miradors et autres surveillances.

Puis-je dire que j'y ai rencontré l'amour ? Paradoxalement, le carcan dans lequel l'appareil répressif m'a installée, et qui a pour nom juridique : une « contrainte par corps », a libéré mon désir. Je n'avais pas fait l'amour depuis très longtemps – c'est cela le vrai crime, a été la réaction de Sonia en l'apprenant –, et la relation innommable que je vis à présent avec elle – qui assura trois mois durant ma protection à l'intérieur des murs – n'est répertoriée nulle part sur cette terre, mais elle existe et perturbe autant qu'elle réjouit mon corps et mon écriture.

Sonia A.

A l'heure où on lira ces lignes, je ne sais pas si je la reverrai encore, mais ce qui est certain c'est que son souvenir sera encore vivace. Elle est celle qui a réveillé mon corps après 44 ans d'un désir devenu aboulique. Ce fut la première à *véritablement* s'occuper de mon corps et l'apprécier. Ce baptême charnel relève du sacré. De l'inoubliable.

Le rapport décomplexé qu'a Sonia A. à son propre corps redonna confiance au mien, comme la transmission de la vie, chair qui produit de la chair.

Je lui serai reconnaissante jusqu'à ma mort, sinon redevable. Pourquoi est-ce cette Zaïroise, au teint clair, d'un mètre soixante, bâtie tout en muscles, qui me protégea autant qu'elle m'attira, comme dans un gouffre, dans sa marginalité aux faibles espoirs de renouveau ? Qui dira si c'est par pulsion autodestructrice ou afin de me réconcilier avec moi-même que je fus attirée par cette petite pute – à la libido lesbienne, mais qui pourtant se donne aux hommes les plus offrants –, qui a arrêté l'école à 12 ans, et dont les préoccupations se limitent au crack et aux fringues ? Que pouvais-je attendre de cette reprise de justice dont l'existence tout entière est rythmée par les urgences compulsives de ses besoins en cocaïne, et dont la morale se résume à la satisfaction de ces besoins ? Comment ai-je pu rêver d'une réelle complicité avec cette femme qui se sert de son corps, doué pour l'amour, comme d'une arme de guerre ?

La description ci-dessus est aussi sommaire qu'injuste ; autant partielle que partiale. Elle est même haineuse ; c'est moi qui suis vulgaire, c'est moi qui m'avilis en m'exprimant de la sorte à l'égard d'une femme que j'ai aimée et que j'aime peut-être encore, et mon acrimonie provient du sentiment que je n'en ai pas assez eu pour mon argent. Pas assez de quoi ? De sexe, bien sûr. De ce qu'elle vend et de ce que nous achetons. Nous, les porcs.

Il suffit juste de regarder les yeux de Sonia A. pendant les rares moments où elle se sent en confiance, pour comprendre en creux ce qu'aurait pu être son existence si celle-ci n'était pas tombée dans les pièges tendus par une famille parmi laquelle il était *compliqué* d'exister, la disparition et la perte d'êtres chers, les trafiquants, la rue, le sadisme de certains mâles, l'indifférence générale, le kif seul qui apaise, l'attraction pour ce qui brille, les fausses solutions que proposent les institutions, la loi trop répressive, et beaucoup d'autres choses qui vous abîment précocement.

37 années plus tard, il lui reste une très belle énergie – même si c'est celle, reconnaissable entre toutes, du désespoir, un courage admirable – pas cette malice et cette ruse réservées aux abruti-e-s – et surtout, oui surtout un gigantesque amour de la vie conjuguée à une magnifique sensualité. Cette dernière faisant autant la richesse que le malheur du quotidien de Sonia A. Son sourire est véritable et généreux : il ne provient pas uniquement de ses lèvres, il illumine tout son visage et secoue son corps en entier.

Les liens qui m'unissent à elle m'aliènent autant qu'ils me libèrent. Ils m'aliènent en m'obligeant à satisfaire des besoins nouveaux devenus indispensables ; bref, ils m'enfoncent dans un statut de consommatrice. Ils m'aliènent également en m'engluant dans le mensonge de sentiments parfois truqués et de situations artificielles qui se répètent : n'est-ce pas la définition freudienne de la pulsion de mort ? Mais en prenant pleinement conscience de la nature de ces liens, ils me libèrent parce qu'ils me révèlent au monde autant qu'ils m'en détachent, me le rendant en effet et paradoxalement habitable, et surtout enfin déchiffrable, car « *Le feu qui me brûle est celui qui m'éclaire* » (de La Boétie)

Oui, entre les murs, j'ai bien rencontré l'amour. Un amour compliqué, tricheur, atypique, et sans doute impossible à vivre dans le contexte de nos petites existences étriquées. Mais un très bel amour – le plus intense depuis ma naissance ? – tout de même. Et qu'importe le temps qu'il aura duré, et qu'il durera, n'y a-t-il pas de très jolis papillons qui sont génétiquement programmés pour ne pas dépasser vingt-quatre heures : les phalènes ? Et pourtant leur vie vaut bien la peine d'être vécue puisqu'ils existent.

Billy, son mari...

Quand pour la première fois je vis arriver ce grand Noir balèze à la parole joyeuse, accompagné d'un garde mobile, j'attendais, assise sur un banc en bois, devant le bureau des notifications du tribunal de grande instance de Paris. J'engageai aussitôt la conversation en remarquant que Billy avait une marge de manœuvre plus importante que moi : ses poignets n'étaient pas en effet menottés dans le dos comme les miens, ce qui avait notamment pour avantage de lui octroyer un certain confort de mouvement et une emprise moins douloureuse. Ce n'était pas mon cas : mes bras entravés en arrière me faisaient souffrir.

Le tableau d'une justice dont l'absurdité consistait à contraindre physiquement plus durement le plus faible me fit amèrement sourire. Je lâchai à ce frère encore inconnu : « Apparemment, on me considère plus dangereuse que vous ! » Ce fut le début d'une longue conversation au cours de laquelle je lui confiais des craintes qu'il balaya de quelques phrases : « Va voir Sonia, va voir ma femme, elle te mettra sous son aile, elle te protégera. La prison, elle connaît. Elle est très respectée à la MAF. Elle a été arrêtée pour violences. Même moi, elle me frappe ; elle ne peut pas s'en empêcher ! – il se bidonna en prononçant ces derniers mots : Je lui parlerai de toi. »

Je me rendis très rapidement compte que Billy ne m'avait pas menti : accumulées, Sonia avait passé plus d'une vingtaine d'années en détention au cours de sa vie, et dans la hiérarchie strictement respectée entre les murs, elle détenait la place incontestée de caïd, c'est-à-dire qu'elle trouvait des solutions à l'amiable dans les conflits entre détenues, qu'elle protégeait et, au besoin, vengeait ses potos, qu'elle violentait ses ennemies, et qu'elle baisait ses femmes.

Il ne se passa pas cinq minutes, à la première promenade du premier jour de mon incarcération avant que Sonia vienne, accompagnée de sa petite bande de femmes, me demander qui j'étais, et cela sans avoir eu le temps d'être avertie de ma venue par son mari. Et très rapidement, elle prit ma main dans la sienne, grosse comme celle d'un boxeur, et nous marchâmes joyeusement ensemble, escortées par ses conquêtes. « Je vais te montrer que la prison, c'est différent de tout ce que l'on donne à voir à la télé », m'assura ma nouvelle poto.

De la lecture et de la solitude

On ne lit bien certaines œuvres qu'en prison. Les plus grandes œuvres littéraires. Recluse dans les quelques mètres carrés d'une cellule, allongée sur un matelas en mousse, la position du corps, occupant si peu de place dans notre si grand monde, devient posture mentale, voire morale. La détenue rejoint le hors-monde dans lequel tout-e-écrivain-e- digne de ce nom s'est réfugié-e pour travailler. Ces deux-là partagent alors le même ailleurs. La lecture devient ainsi production ; le livre, cahier d'écriture. L'espace fantasmatique s'ouvre, de vastes horizons se dessinent en même temps qu'est réduit le champ d'activités possibles. La réceptivité atteint ainsi un degré maximal dû à une concentration qu'aucune distraction extérieure ne vient troubler. L'incarcération offre cette épreuve ; cette chance. Pour celles qui en acceptent les contraintes sans tricherie ni dérivatif, l'expérience enrichit existentiellement par cet accès à une solitude salvatrice : celle qui est retrouvailles avec soi-même. La prison ouvre des portes mentales donnant accès à des espaces intérieurs entiers jusqu'alors verrouillés.

De la transfiguration poétique

La plupart des hommes et des femmes dits libres vivent dans un monde où ils peuvent aisément être suivis à la trace et sont facilement repérables à tout moment de leur parcours quotidien. Les puces dites *intelligentes* grouillent au fond de nos sacs dans tous nos téléphones portables et toutes nos cartes, remplaçant beaucoup plus efficacement les indiscrétions des concierges de jadis. Le sentiment de liberté est vite infirmé quand on examine de quoi est constituée cette liberté. La liberté ? C'est une série d'injonctions auxquelles on obéit. Et le temps des vacances n'étant qu'une espèce de récréation, une sorte de parenthèse faisant partie du travail, c'est-à-dire du temps qui n'est jamais totalement libre mais qui se présente comme le repos obligé du temps contraint. De la réelle liberté, toujours fantasmatique dans un monde où l'humain s'est emparé de la totalité de l'espace, déserts compris, qu'il surveille désormais, il ne reste qu'une impression. Se perdre est chose impossible ; c'est un leurre : on retrouvera toujours votre piste par satellite ou par d'autres procédés policiers aidés par la redoutable efficacité de l'espionnage discret des nouvelles puces dites intelligentes citées plus haut.

Les détenues se trouvent dans la situation paradoxale où elles sont davantage en mesure d'accéder à la liberté que la plupart de leurs semblables car elles connaissent ce qu'est la privation de cette dernière. La seule liberté possible résidant dans la capacité mentale à ne pas être assignée à la place que l'on vous a forcée à occuper. La solution ? Elle est toujours poétique.

L'endroit le plus cadenassé du monde devient ainsi l'occasion d'une transfiguration poétique réussie. Les contraintes se changent alors en privilèges, par un inversement systématique opéré mentalement des événements et des actes subis. Les surveillantes à qui l'on fait signe au moyen d'un drapeau – en glissant une feuille dans l'interstice entre la porte et le mur – deviennent des domestiques qui se tiennent à votre disposition et qui arrivent très rapidement pour demander ce dont vous avez besoin et obtempèrent. On vous escorte dans des véhicules, lors de tous vos déplacements à l'extérieur, à l'instar des plus grands de ce monde.

En vous mettant des menottes à laisse, et les bras dans le dos quand il vous conduit dans la « souricière » – longs couloirs du palais de justice qui permettent d'accéder par le sous-sol aux bureaux des juges –, le garde mobile décuple vos forces puisqu'il imagine que vous êtes susceptible de braver des dizaines d'hommes super entraînés et armés, ainsi qu'un tas de dispositifs de sécurité très élaborés.

Parmi les obligations auxquelles le juge peut décider de vous soumettre, il y a l'expertise psychiatrique : ne devenez-vous pas alors un personnage dont l'existence est très intéressante au point qu'un spécialiste se déplace, vous écoute et vous pose des questions sur votre enfance, tout en prenant des notes pour ensuite rédiger une espèce de petite biographie sur votre personne comme quelqu'un qui paierait un auteur pour écrire sa vie à sa place ?

Tout comme l'audition – ensemble de questions piégées à l'instar de ces champs dévastés par des mines antipersonnel – peut être aisément considérée, avec un peu d'imagination et de distance mentale, comme une interview que le gardé à vue, devenu la star d'un jour à la Warhol, accorde à un journaliste qui a perdu son statut d'officier de police judiciaire abruti.

Si l'on est insatisfait du style de ce mémoire, outre une demande de contre-expertise essentiellement stratégique, c'est une réparation existentielle qui répondra à la blessure narcissique causée. C'est ainsi que l'on devient écrivain à l'instar de Jean Genet, ou d'Albertine Sarrazin qui refusèrent de se laisser raconter par d'autres qu'eux-mêmes.

La cellule devient atelier d'écriture

Genet a confié qu'il avait commencé à écrire dans une langue que ne comprendrait pas ses juges, car il n'avait pas compris la leur. Le philosophe et l'historien, et même le romancier d'une tradition réaliste, montrent et donnent en effet le monde tel qu'il est, tandis que tout véritable écrivain en réinventant une langue crée un monde nouveau, transformant ainsi le tragique en gloire et sa propre vie en destin.

« Libérée ! » Libérée ?

Le dernier jour, à la première heure, je regagne la fouille, puis une surveillante me fait traverser ce long couloir avec l'étonnant plaisir toujours ressenti en marchant pour rentrer dans ma division.

J'aperçois alors un tout petit groupe de personnes joyeuses, toutes des femmes, agglutinées de façon harmonieuse. Certaines ont des sacs à dos et plaisantent comme des collégiennes. Leur fraîcheur du matin, et leur bonne humeur communicative m'enchantent : « Ben dis donc, il y a beaucoup de sorties ce matin », ne puis-je m'empêcher de dire. « Ce ne sont pas des détenues qui sortent, ce sont des surveillantes qui arrivent », me répond avec indifférence mon accompagnatrice.

La boucle est bouclée : plus que jamais, et à quelques minutes de la « liberté », je me rends compte que surveillantes et détenues, se ressemblent. Pourquoi les premières possèdent-elles des clefs pour enfermer les secondes ? L'imposture réside peut-être là.

Ma vision erronée n'est pas une erreur, elle est au pis un acte manqué. « *Mettez des ailes à un piment, il devient un papillon.* » Il aurait sans doute suffi d'un rien pour que le chemin des unes et des autres bifurque et fasse basculer leurs existences respectives dans *l'honnêteté* ou la *délinquance*. Il aura ainsi suffi de quelques mètres pour qu'une confusion des statuts soit perceptible. Car l'insecte volant à qui l'on retire ses ailes redevient statique ; privé ainsi de liberté d'action : « *Retirez les ailes à un papillon, il devient piment.* »

Dans une vision manichéenne, il est de bon ton de décrire le personnel pénitentiaire comme étant composé de matonnes acariâtres, voire violentes, de voyeuses malsaines ou de simples « porte-clefs » sur pattes, obéissant aveuglément aux ordres de leur hiérarchie. Pourtant, ce portrait caricatural ne correspond aucunement à la réalité des comportements des surveillantes que j'ai rencontrées.

Ce constat complexifie et problématise la question : quel est donc le mécanisme qui rend possible que des jeunes femmes et des jeunes hommes s'engagent professionnellement dans la maintenance d'un châtiment – acceptant ainsi d'y jouer un rôle : maillon d'une chaîne qui sans lui serait inopérant – dont l'absurdité consiste à prétendre que la séquestration étatique est une réponse légitime aux comportements qui sont considérés aux yeux de la société comme immoraux ?

Est-ce parce que cela semble aller de soi ? La prison paraît être quelque chose d'évident, comme l'esclavage le fut en son temps. Pourtant, l'enfermement est un fait historique relativement récent ayant remplacé les châtiments physiques, qui semblaient eux aussi indispensables en leurs temps.

L'énigme demeure intacte : comment ces filles – avec lesquelles dans un autre contexte, on ne demanderait pas mieux que de prendre un verre et leur montrer les photos de nos proches – sont-elles si grossièrement tombées dans le piège de la « nécessité de la prison » ?

L'Etat quant à lui se déleste du poids de ses responsabilités en laissant à ces sourires fragiles, à ces existences débutantes, à ces corps hésitants, drapés dans des uniformes bleu marine, serrés par des gros ceinturons et chaussées de bottines en cuir – cet accoutrement dont les Bleues puisent une partie de leur assurance –, la prise en charge de la part maudite de l'humanité. Parfois, ces gardiennes rencontrent, dans le cadre de leur exercice professionnel, des « presque pareilles » qu'elles : ces êtres étrangement ressemblants qui eux viennent de rater de trois places le concours administratif… C'est bien celles qu'elles auraient pu devenir que les agents de l'administration pénitentiaire surveillent. Leur double en négatif, en somme.

Juste après avoir franchi le portail, en attendant l'autobus qui me mènera à la porte d'Orléans, je me rends compte du malentendu : le temps de l'extérieur n'est pas celui de la prison. Ce sont deux temps incomparables. Le premier est du temps planifié pour être utile et opérationnel, tandis que le deuxième est celui des révélations, de la mise en danger existentielle de soi-même, de la découverte brutale du monde des réprouvées, et des chocs poétiques dus à leur beauté.

Encore un peu, un peu seulement, une population pauvre, immigrée et bigarrée – les familles et les proches des écroués venus dans un froid glacial les visiter – me sert de transition entre deux mondes. Mais je ne me fais pas d'illusions, je m'y prépare ; bientôt, peut-être déjà, un monde de Blancs, peuplé par de calmes et fausses apparences – cette violence du calme tant redoutée, me sautera au visage. La douceur des choses est blessante, douloureuse. Cette douceur est celle d'un monde lisse, rythmé par la vie sociale, professionnelle, familiale et commerciale : d'un monde froid, policé et pourtant hostile. Tantôt les rues seront désertiques, tantôt elles seront envahies par les foules, mais, tout le temps, règnera l'indifférence.

Dans ce paysage à la Edward Hopper, personne pour satisfaire mon désir patiemment entretenu et retenu pendant plus de cinq mois. Les petites-bourgeoises ont des corps cadenassés ; chaque geste devient indécent dans ce monde *libre*. Les racailles, elles, marchent en bande et obéissent à un code vestimentaire, langagier et comportemental très précis, pas question de les aborder.

Personne non plus pour entendre mon hurlement intérieur d'animal féroce. Depuis bien trop longtemps, l'Occident ne sait plus ni aimer ni détester. Ceux qui savent vraiment aimer, vraiment détester se retrouvent en effet dans les prisons et les hôpitaux psychiatriques. On y a enfermé nos plus grands penseurs, poètes, Hommes de lettres, et artistes : Villon, Sade, Artaud, Camille Claudel, Céline, Genet, Sarrazin…

Je décide alors de recontacter certaines femmes déjà libérées, et avec lesquelles j'avais sympathisé. Les quelques-unes que je réussis à avoir en ligne ont complètement changé de comportement, c'est-à-dire qu'elles sont redevenues ce qu'elles étaient avant leur incarcération : des voleuses égoïstes, des prostituées vénales et sans affects, des toxicomanes en manque ou sous l'effet dévastateur de stupéfiants.

Une de celles que je rencontre me fait l'amour avec application et générosité, elle m'offre même son blouson, mais ne manque pas de me dévaliser : car la donne a changé, elle n'est plus cette complice faisant montre d'une droiture morale à toute épreuve, en sortant, elle est vite retombée dans les affres d'une survie qui la rend manipulatrice, et sans plus aucune loyauté. Et je deviens moi-même et à mon insu, par un glissement identitaire involontaire, une banale cliente. On finit par s'empoigner. Le fossé qui sépare les actes effectués à l'intérieur de la prison de ceux commis à l'extérieur est le même que celui qui distingue la nuit du jour. Ce qu'on fait dans le noir ou en pleine lumière, c'est peu ou prou la même chose, mais la différence de connotation nous fait changer d'univers.

Une autre, dont j'étais éperdument amoureuse, et qui, ne faisant pas profession de son corps, se « contentant » de dealer pour gagner sa vie – elle n'était dans les faits qu'une « rabatteuse », détestée par le milieu car elle carottait ses clients –, m'appela depuis une cabine publique et me proposa sans détours d'aller à l'hôtel.

En voie de clochardisation, l'état de la jeune femme s'était considérablement dégradé. Et quand elle se déshabilla, j'allai vomir dans les toilettes à cause de la puanteur occasionnée par une crasse vieille de plusieurs semaines. Pour finir, elle me donna un grand coup de poing dans la poitrine, et je partis sous une pluie d'insultes, délestée de quelques dizaines d'euros en espèces.

Le charme fut définitivement rompu.

Je compris alors que ce charme n'appartenait pas à ces personnes, somme toute bien ordinaires, mais à la prison qui les sublimait et les magnifiait. Car la prison correspond un peu à ces salons tenus par l'élite féminine intellectuelle du siècle des Lumières, et les prisonnières – qui appellent le 115 une fois *mises à la porte* de la maison d'arrêt – se donnent en représentation en se pavanant dans leurs toilettes à la dernière mode – ce qui, version XXIe siècle, devient du sportwear très tendance, à l'inspiration grunge –, font montre d'originalité et d'humour dans leurs dires, et brillent du soleil intérieur qui les habite, dans ce lieu qu'elles ont investi et qui désormais leur appartient.

Mise à l'écart, petite mort sociale (peine qui a d'ailleurs existé en droit français) et peut-être pis encore : divorce avec le monde, perte de contact avec la réalité. La prison ne me fut pas si rude, et mon angoisse maintenant se projette sur le monde entier, elle n'est plus contenue dans les 9 mètres carrés que séparaient trois murs et une porte fermée à double tour du reste de l'univers. Plus du tout endiguée, mon angoisse revient sur moi avec la force violente d'un boomerang. Je ne m'y étais pas préparée. On ne m'a pas non plus prévenue qu'une fois dehors, je serai privée de tant de belles choses vues et entendues à l'intérieur : « *L'important, ce n'est donc pas de recouvrer la liberté, mais de trouver une issue.* » (Gilles Deleuze)

Je m'étais fabriquée une petite place, aux contours bien délimités, et juste à mes mesures : ni trop étroite, ni trop large, afin que quelque chose qui ressemble au bonheur puisse se glisser dans le jeu – au sens spatial du terme – entre les contraintes carcérales et mon libre-arbitre. Mais la liberté, ce n'est pas le bonheur, une fois dehors, je souffris de cette grossière confusion ontologique.

Pour être tout à fait honnête, je pense pouvoir dire que je suis fière d'avoir été emprisonnée. Avais-je un autre choix que celui de la fierté pour masquer ma honte ? L'exception ne confirme pas la règle, jamais : j'ai vu d'autres détenues que moi marcher la tête haute, se faire appeler « Madame », en reprenant les surveillantes, et se sentir riches d'un privilège durement acquis. Preuve d'une fragilité narcissique ? Sans doute. Mais fierté quand même, et jouissance certaine de se trouver dans ce lieu aussi inaccessible pour tout un chacun que les palais présidentiels. N'oublions pas qu'il est un des rares endroits où il faut montrer patte noire pour y entrer. Essayez donc d'y pénétrer, on vous y refoulera sans ménagement !

Quelque chose ne va pas, et le discours ambiant sur la prison est fallacieux, c'est en effet une tromperie calculée et soigneusement entretenue par les puissants de ce monde. Je décide de parler, humblement mais aussi orgueilleusement, car, qu'on le veuille ou non, et même si cela peut choquer, tout repris- de justice qui se respecte est toujours très orgueilleux d'avoir été vomi par la société. Détester la prison n'a pas suffi à la faire disparaître, je pense qu'il est paradoxalement nécessaire de l'aimer pour la rendre caduque. Répondons ainsi à la jouissance malsaine qu'éprouve l'Homme qui se pense libre par la jouissance subversive du prisonnier-ère ; opposons à la malhonnêteté intellectuelle des fanatiques de l'écrou une pensée oblique qui torde le cou à la dialectique impuissante qui sépare partisans et opposants de ce mode de répression. La prison est une imposture ? Répondons par une autre imposture, mais une imposture créatrice.

Posons la possibilité du bonheur comme un acte politique ; un devoir contre le pouvoir pervers de la domination. Dénaturons donc la détention. Faisons ce travail de sape-là. Que chaque détenue détourne à son profit tout acte délétère que lui inflige la prison, qu'elle le torde, le façonne à sa manière, et qu'elle construise son édifice personnel. Parvenir ainsi à aimer la prison : c'est cette subversion-là que je défends. Etre heureuse en étant incarcérée est la seule résistance possible face au pouvoir institutionnel. La prison est un mensonge ? Opposons-lui un autre mensonge, ce « mensonge qui dit la vérité », si cher à Cocteau. Gens « honnêtes », policiers, et magistrats jouissent secrètement de notre incarcération ? Jouissons, au grand jour, dans les lieux de leurs châtiments. Il faut mettre le vers dans le fruit, c'est-à-dire faire pousser le bonheur dans le malheur qu'ils ont voulu pour nous.

Comme il a été écrit ci-dessus, ma détention a été ainsi globalement une aventure *heureuse*. En tout cas captivante, et cela aux deux sens du terme : j'étais captive, c'est-à-dire enfermée, mais les conditions de ma capture m'ont passionnée. A l'instar de Jean Genet, je fus littéralement et pendant presque six mois une *captive amoureuse*. Même si je me trompe et que mon expérience n'est nullement représentative de celle des autres détenues, et qu'il est tout simplement fou de qualifier d'aimable une prison, il n'est en revanche pas impossible que ce sentiment personnel puisse un jour se généraliser.

Je le dis à mes potos encore sous les verrous : faites comme bon vous semble ; faites comme il vous plaira. Allez chercher loin, très loin dans vos souvenirs heureux les plus enfouis ; haut, très haut dans vos rêves les plus beaux, et bas, très bas dans votre vide-ordure personnel. Faites comme vous le pourrez, puisez dans vos ressources intérieures ce qui vous reste comme forces vitales pour trouver cette « *graine, un seul rayon de soleil et un brin d'herbe qui disloqueront les blocs de granit* » : débrouillez-vous, je ne veux pas savoir comment, mais parvenez à aimer la prison !

« *Libre, c'est-à-dire exilé parmi les vivants* » (Genet)

J'ai l'indécence d'affirmer ici que je suis parfois nostalgique de mon séjour en détention et de l'émerveillement suscité par les rencontres que j'y ai faites. Si la vie, ce n'est pas la prison, la vie ne se trouve pas non plus à l'extérieur, elle se trouve encore ailleurs, tout comme la liberté qui ne possède pas de lieux prescrits ni de lieux proscrits dans lesquels s'exercer ou s'absenter.

Quant au bonheur, je le répète : il ne se confond pas avec l'absence de contrition ; il n'est pas réservé aux détenteurs de casiers judiciaires vierges. Le bonheur ? Je le reconnus à chaque fois qu'une jolie phrase fut prononcée ; que deux détenues se serrèrent l'une contre l'autre ; qu'une larme fut séchée par une main amie. A chaque fois qu'un mouvement physique contrariait l'immobilité, qu'une dynamique mentale défigurait la résignation, à chaque fois qu'une femme exprimait son refus, s'extirpant ainsi de l'image figée, fixée, statique, immuable et mortifère de prisonnière qui la réifiait ; un combat était ainsi gagné : celui de l'autonomie sur la loi des autres, et de la vie sur la mort.

« *Laissez pourrir et travailler* » (Giacometti)

Comment donc raconter ce qui est ineffable, comment décrire sans carré blanc, sans oubli ni déformation, ce lieu incomparable, peuplé de la part maudite de l'humanité ? N'est-ce pas alors l'humanité qui, dans son rejet de ses propres marges, dans son intolérance envers les réprouvés qu'elle fabrique à la chaîne, dans sa violence sophistiquée, et dans son refus de voir la vérité en face, se dévoile elle-même ? Et si la prison ne parvenait pas à être un lieu insupportable tout simplement parce que la liberté dont elle est censée priver, n'est qu'un concept théorique abstrait et inexistant en dehors des murs ?

Autrement dit, si le monde était libre, j'aurais bien entendu été ravie de le retrouver. Mais cette liberté fantasmée n'existe en réalité que dans les rêves des détenu-e-s encore incarcéré-e-s. L'espace carcéral, espace fermé par excellence, devient alors susceptible de préserver des pièges du dehors, dehors devenu fallacieux, ratatiné, et inhabitable. Etre détenue peut paradoxalement libérer de la pression du monde extérieur. Monde contrôlé qui est lui-même ainsi devenu prison sans murs. Les frontières entre le monde « libre » et la prison devenant de plus en plus ténues et poreuses. C'est pourquoi il est fort probable que, dans un temps très proche, la prison deviendra monde, car c'est l'humanité tout entière qui sera considérée comme maudite. Puisse l'orgueil de ces réprouvées leur faire appréhender comme une auréole inversée l'épée de Damoclès qui les menace.

C'est enfin pourquoi je veux dire aux prévenues et aux détenues qu'il est essentiel qu'elles reprennent la beauté qu'elles ont créée et trouvée dans *leur* prison ; elle leur appartient même si elle leur a été volée par la littérature et les arts destinés à faire jouir les bourgeois. Que ces réprouvés n'éprouvent ni honte ni peur à le faire. « *Dis ton dire* », a écrit le poète Paul Celan, dans *Rose de personne*, que les prisonnières disent enfin le leur, leurs revendications, bien entendu, mais aussi et surtout leurs joies vécues dans cette espèce de coffre-fort dans lequel les puissants de ce monde, qui seuls en possèdent la combinaison, ont décidé de neutraliser leurs indésirables. Que ces puissants sachent enfin qu'on y apprend, qu'on y rit, qu'on y aime, qu'on y jouit aussi, comme eux et plus fort qu'eux, de ces petits bonheurs que réserve sans distinction la vie. C'est que peut-être la prison est déjà ruinée.

Brigitte Brami
Revu et corrigé à Paris, le 8 décembre 2010.

Certainement très injustement à l'égard de toutes celles et de tous ceux dont la loyauté et le courage, mais aussi la tendresse, m'ont soutenue aux moments les plus critiques de mon existence, et grâce auxquels ma vie a été plus douce suite aux coups de toutes sortes portés sur moi par la partie civile et consorts, depuis certainement au moins deux années, voire quinze si l'on remonte aux tout débuts, mais qui ne seront pas nommés ci-dessous faute de place, je tiens à ériger ce monument en guise de remerciements ...

Monument aux vivants – et à quelques morts confondus – parfois inconnus de moi-même et qui parfois également n'ont rien su de mon incarcération – grâce à qui j'ai tenu bon.

Remerciements très vifs à :

Siegrid ALNOY - Antonin ARTAUD - Francis BACON
Jean-Pierre BAROU - Cesare BATTISTI - Simone de BEAUVOIR
Gérard BENOIT - Isabelle COUTANT-PEYRE
Michèle DAYRAS - Gilles DELEUZE - Madame DELOZE
Monique DENTAL - Claire DESMICHELLE
Virginie DESPENTES - DIOGÈNE - Bernice DUBOIS
Florent FARGES - Rainer Werner FASSBINDER
Bernard-Ange FERRACCI - Jean GENET
Alberto GIACCOMETTI - Jean-Luc GODARD
Fatima GUEMIAH - Edward HOPPER - Ghaïss JASSER
Pierre JULLIEN - Diéné KABA (Néné) - Philippe KATERINE
Osama KHALIL - Illel KIESER
Etienne de LA BOÉTIE - Monique LACHKAR
Ronald LAING - Emmanuelle LANCIEN - Pierre LEBEAU
Michèle LOUP - MILENE - Florence MONTREYNAUD
Annie MOSER-PÉREC - Christian MULLER
Henriette NGUYEN - Valère NOVARINA
Stéphan PASCAU - Marianne PAUTI - Catherine PUISSET
Serge PORTELLI - Marie REDONNET
Serena RINALDI - Christiane ROCHEFORT - Khaled ROUMO
Serge SANDOR - SANDRE - Albertine SARRAZIN
Luce SIRKIS - Jef TOMBEUR
Nelly TRUMEL - Véronique VASSEUR - Boris VIAN

Brigitte Brami a été condamnée en appel, en juin 2008, à dix-huit mois de prison – dont dix avec sursis – pour « appels téléphoniques malveillants réitérés » à son psychanalyste* suite, explique-t-elle, à l'abandon brutal, en plein soin, de ce dernier. Libérée de Fleury-Mérogis au terme d'un séjour de cinq mois, mais son psychanalyste ayant reporté plainte pendant son incarcération, elle est rappelée à la barre et écope, cette fois, de quinze mois fermes avec mandat d'arrêt et inscription au fichier central des personnes recherchées. Elle part alors en cavale. Non pas, nous confie-t-elle, pour fuir la prison mais, animée par ce qu'elle nomme « son innocence ontologique » et dans l'espoir de susciter une réflexion de fond sur les « aberrations de la justice ».

Brigitte Brami résume avec ses mots cette douloureuse expérience : « Une fille se rend chez un psychiatre/psychanalyste pour aller mieux. Elle possède un casier judiciaire vierge, et selon la formule consacrée, elle est inconnue des services de police. Quinze ans plus tard, elle a tout perdu, y compris le sentiment d'une quelconque légitimité de vivre. Y compris et surtout la perception d'un monde habitable. Entre temps, elle a connu la prison, la cavale, la séquestration, les agressions et subi toutes les humiliations. De ce fait, et dans ce contexte très particulier, elle est innocente, ontologiquement innocente ; vue de cet angle-là, son innocence ne fait pas l'ombre d'un doute. Pourtant, d'audience en audience, cette Brigitte-là, personne n'a parlé d'elle.

Personne, même pas ses propres avocats. » Brigitte Brami écrit encore : « Ce sont les juges qu'il fallait juger : seraient-ils sempiternellement du côté des puissants ? C'est enfin le procès du médecin qu'il fallait faire. »

Elle conclut : « La prison ferme ou molle a été un déshonneur, une insulte, une folie. C'est la justice qui a le plus perdu. La justice, et mes défenseurs dans une moindre part, mais moi j'ai moins perdu qu'eux tous, car encore une fois, je le répète : je suis innocente, et quoi que je fasse, et quoi qu'il advienne. »

Ce petit livre est la voix qu'on a refusée à Brigitte Brami. Il est offert à la conscience et à la réflexion de chacun, de tous.

*Son psychanalyste est expert psychiatre aux tribunaux, encore en exercice.

S. C.

ANNEXE

En début d'année 2009, j'envoyai à mon avocat ce texte écrit juste à ma sortie de prison. Je le recontactai dans un mail (reproduit en substance ci-dessous) courant 2009, suite aux conseils qu'il m'avait prodigués précédemment, puis je restai près d'un an à attendre l'aide à l'édition promise par mon défenseur. Entre-temps, nos rapports s'étaient sérieusement distendus, car nous ne partagions pas la même stratégie de défense. Nous mîmes alors fin à toute relation, et comme « libérée » de l'emprise intellectuelle de ce ténor des barreaux, je téléphonai à Sylvie Crossman, il faut ici préciser que j'avais quelques mois auparavant rencontré celle qui allait me redonner le goût de vivre : la réalisatrice Brigitte Sy.

Cher Maître,

Je vous ai certainement déjà remercié d'avoir pris la peine de lire aussi attentivement mon texte et de m'avoir fait part de vos observations très détaillées auxquelles j'accorde une grande valeur.

Beaucoup plus détendue ici, permettez-moi de reprendre quelques objections, suggestions ou plus largement réflexions que vous a suscitées mon texte et dont vous m'aviez fait part en tout début d'année.

Je vous remercie d'avoir souligné la confusion que je faisais effectivement parfois entre la liberté et le bonheur. Depuis *La Servitude volontaire* d'Etienne de La Boétie, on sait en effet que la liberté est, comme vous le soulignez avec tant de justesse : « *fuie comme la peste* ». J'y fais d'ailleurs un peu allusion dans le passage où je précise que la liberté est une chose exceptionnelle à laquelle n'accèdent qu'un très petit nombre de personnes, que ces personnes douées se trouvent indifféremment à l'intérieur ou à l'extérieur des murs.

Quand vous écrivez qu'on « *dira peut-être que votre capacité d'émerveillement et d'interrogation n'est pas commune, que votre sensibilité ne l'est pas non plus et que peu de détenus sont sensibles comme vous aux jouissances d'une vie rêvée [...]* », cela me fait penser à un exégète qui faisait remarquer à Genet, à propos des *Bonnes*, que jamais des femmes de chambre ne seraient capables d'avoir un imaginaire aussi vaste et ne pourraient s'exprimer avec ce vocabulaire, l'auteur de la pièce répondit à cet exégète : « *Qu'en savez-vous ? En vérité, quand elles s'expriment de la sorte, c'est tard le soir, avant de s'endormir, et alors que personne ne peut les entendre ni les voir.* » (je cite de mémoire)

Paraphrasant Genet, on peut légitimement se demander pourquoi il serait interdit de penser qu'un grand nombre de détenues seraient susceptibles d'avoir un espace fantasmatique suffisamment important pour transformer la réalité carcérale qu'elles subissent en actes volontaires et personnels, sublimés par la richesse de leurs rêves, mais aussi de leur humour et de l'inventivité de chacune d'entre elles. Pourquoi les priver d'office et arbitrairement de la possibilité de posséder un tel univers intérieur ? Ce serait insulter l'avenir et surtout ne pas regarder le présent.

C'est très aimable à vous de terminer par cette phrase : « *Mais votre description restera une source de réflexion nécessaire.* »

Je me suis, bien entendu, beaucoup interrogée sur les conditions des détenues de longue peine, comment on pouvait vivre cela. Il est évident que la donne change, mais je ne peux pas décemment en parler. Mon témoignage en effet s'arrête à cette structure particulière qu'est une maison d'arrêt (MA). Je ne connais rien des conditions de vie dans les centres de détention (CD), ni ce que c'est que de se dire qu'on est incarcéré-e pour dix, vingt, vingt cinq ans. Ce que je sais, en revanche, c'est que les CD ont la réputation d'être nettement plus « confortables » que les MA ; un grand nombre de personnes écrouées attendent avec impatience leur transfert, et par ailleurs, je n'ai pas observé que le comportement des détenues qui étaient condamnées à une lourde peine différait de celui des condamnées à une peine « légère ». Mais je n'étais pas là, le soir, à les entendre ou les voir, juste avant qu'elles ne s'endorment…

Concernant mes propos sur la sensualité exacerbée en prison, et sur la libéralité des mœurs homosexuelles : vous l'avez compris, c'est par honnêteté intellectuelle que j'ai insisté là-dessus, parce qu'évidemment, cette population exclusivement féminine – et pas n'importe quelles femmes – fut un facteur important pour moi. Je voulais que cela soit clair. Cela m'aurait gênée d'être la gouine libidineuse, bavant de désir, cachée confortablement derrière un texte aux allures de neutralité, à l'instar d'une voyeuse derrière sa paire de jumelles.

Et dans les prisons pour hommes ? Je ne sais pas. Pour avoir lu et relu Genet, je pense que cela ne doit pas être triste non plus. Aujourd'hui, la distribution systématique depuis quelques années de préservatifs par l'administration pénitentiaire à tout arrivant dans un établissement pour hommes va dans mon sens. Ce genre de choses ne fait peut-être pas partie des confidences que l'on fait à son avocat…

La dernière phrase qui conclut avec superbe vos observations, et qui concerne mon silence sur l'énorme mensonge couvert par l'institution, est un très beau coup de poing qu'une posture morale m'oblige à ne pas esquiver. Vous avez, bien entendu, plus que raison et je partage votre avis. Le cynisme étatique qui répond à la violence individuelle par la violence collective est d'une très grande immoralité. C'est un mensonge, et même une imposture. En tout cas, un scandale.

Seulement voilà : d'une part, nous ne sommes pas aux mêmes niveaux de réalité vous et moi quand nous nous entretenons sur la problématique carcérale, même si nous en partageons le constat. En effet, je pense que la simple dénonciation de la prison, même si elle est utile et nécessaire, contribue par un effet pervers à sa pérennisation. Mon texte est stratégique, il parle d'un idéal à atteindre, il n'est aucunement un constat, ni un état des lieux, encore moins une vérité. Mon texte peut également être vu comme une espèce de réhabilitation de cette part maudite de l'humanité que sont les détenues. Je le conçois, mais à la condition que cette réhabilitation ne soit pas une réhabilitation sociale mais poétique, c'est-à-dire la seule qui vaille. Quant à moi, j'ai l'indécence d'affirmer ici que je suis parfois nostalgique de mon séjour en détention et de l'émerveillement suscité par les rencontres que j'y ai faites.

Et d'autre part, je pense très sincèrement que tous ceux qui participent de près ou de loin au fonctionnement et à la longévité de ces établissements n'y croient plus vraiment. Le personnel pénitentiaire se plie à une mécanique bien huilée. Les fonctionnaires fonctionnent, tandis que les administrateurs administrent, mais sans grande conviction. C'est mon sentiment. Je me trompe peut-être, mais j'ai l'impression que la prison est au stade terminal de la maladie mortelle inscrite depuis le commencement dans ses gènes.

Autant les flics mettent du cœur à l'ouvrage, c'est la raison pour laquelle ils sont si abjects – je parle des officiers de police judiciaire (OPJ), pas de ceux en uniforme, les OPJ restent les vrais salauds dans le parcours de mes deux dernières années d'existence –, autant les surveillantes répètent leurs tâches comme si elles pouvaient faire autre chose ailleurs, avec la même inconséquence que les coupeurs de becs dans les usines de poulets en batteries : sans enthousiasme ni sadisme – j'y ai fait allusion, réservant cette remarque au juge de la liberté et de la détention (JLD). J'ai même pu déceler chez un nombre non négligeable de surveillantes un sentiment de culpabilité à faire ce métier. Quelque chose tourne à vide dans ce jeu de dupes. Et tout le monde est en train d'en prendre conscience. « *Travailler et laisser pourrir* », disait Alberto Giacometti, il s'agissait bien entendu du travail d'artiste – pourquoi pas d'avocat ou de prisonnier –, et laisser pourrir le système institutionnel, le pouvoir des puissants, la loi du marché, l'hôpital psychiatrique, la prison, etc.

DANS LA MÊME COLLECTION

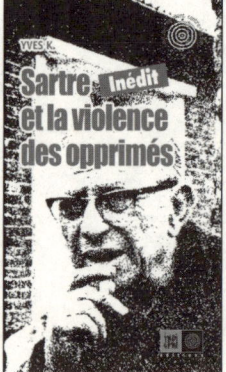

Tous ces titres
sont disponibles
en librairie, 3€,
en France-diffusion
Harmonia Mundi ;
en Belgique-Caravelle;
en Suisse Romande-Zoé ;
au Québec-Dimédia.